꽃피듯 우는 사람

꽃피듯 우는 사람

ⓒ 유성운, 2022

초판 1쇄 발행 2022년 2월 22일
　　2쇄 발행 2022년 4월 10일

지은이　　유성운
사진　　　유성운
펴낸이　　이기봉
편집　　　좋은땅 편집팀
펴낸곳　　도서출판 좋은땅
주소　　　서울특별시 마포구 양화로12길 26 지월드빌딩 (서교동 395-7)
전화　　　02)374-8616~7
팩스　　　02)374-8614
이메일　　gworldbook@naver.com
홈페이지　www.g-world.co.kr

ISBN　979-11-388-0687-9 (03810)

꽃피듯 우는 사람

유성운 시집

좋은땅

유성운

poet
singer
songwriter
composer
photographer

contact
facebook 유성운(museblue)
NAVER BAND 유성운 ..MUSEBLUE

목차

바라볼 땐 보이지 않던 봄

문 열어 **여름** 오면 돌아보는 꿈

모두 가도 서럽지 않던 가을

겨우겨우 흐느끼는 겨울

그리고 **나**의 밤은

바라볼 땐 보이지 않던

봄

봄

안 해도 돼
하고 싶을 때 그때 해
생각하지 말고 그냥 해
시간은 저절로 흐르니까
잘하지 말고 대충 해
잘하려고 하면 즐겁지 않아
더 잘하는 사람 있으면
그냥 손뼉이나 쳐 줘
넌 잘하는 게 또 있잖아
자꾸 이기려 하지 마
가끔 져야 다른 누군가가 이기지
다른 사람이 행복해야
내 마음도 좋지
그냥 놀아
얼마나 좋은 날이니

어떤 그리움

나는
2월의 달맞이 새싹이었고
5월의 젊은 해바라기이기도 했다
가끔 미운 다섯 살이고
4학년 초등학생이기도 하다
벌이도 시원찮은 돈푼은
잘도 까먹으면서
나이는 왜 까먹지 않고
숫자나 세고 앉았는지
내가 도망친 방에서 나에게 묻는다
어딜 간 거니 파릇 돋던 아이야
난 여전히 하루는 다섯 살이고
어떤 날은 4학년인데
기어이 살아 낸 목구멍만 까맣게 늙어
흐린 창가에서 탁주를 마신다
술잔에서 울컥 엄마 젖내가 난다

질경이

밟아도 꺾이지 않게
뜯어도 뽑히지 않게 낮게 엎드린
주름진 초록의 잎사귀는
솜털도 분칠도 없이 푸르게 그을린 얼굴로
철야를 건너 집으로 돌아오던
어린 날 내 누이의 질긴 꿈

파낼 수 없이 울음이 깊어
땅속으로 속으로
묻어 둔 열여섯 살
그저 까맣게 잊은 듯
다시 봄 낮게 엎드려
더 낮은 다른 눈물이 아파 얼굴 주름진
질경이 같은 여자와

딱
한 번만 더
사랑에 빠지고 싶다

꽃변소

아장아장 배추흰나비 쫓던 아이
꽃 그림자 기댄 담벼락 앞에 멈추더니
뒤돌아서 "엄마! 쉬아~" 부른다
달려온 엄마는 아이 키만큼 낮게 앉으며
"아가! 여긴 꽃변소구나, 보렴!
애기똥풀 꽃 피어오른 사이 방가지똥 꽃대
부풀어 오르잖니? 우린 저쪽으로 가자!"
엄마와 아이가 돌아선 자리
배추흰나비 나불나불 다시 날아와
꽃변소에 앉았다

파꽃

"엄마! 파꽃은 왜 하얗게 피어?"
파 씨앗처럼 까만 눈동자로 아이가 물었다
"그건 아마 속이 텅 빈 줄기를 튼튼하게
키우기 위해 온 힘을 다 쏟기 때문일 거야"
아이는 뒤뚱뒤뚱 걸어 고춧대 세우던
할머니의 머리를 살며시 껴안았다
햇살이 숨어든 할머니 흰머리가 반짝였다
할머니의 마지막 봄날이었다
이태가 지난 다시 봄날
호미질 멈춘 묵정밭 돌담 아래
아무도 모르게 파꽃이 피었다
가만히 파꽃을 쓰다듬는 아이를 보며
엄마는 황급히
먼 산으로 고개를 돌렸다

별나팔꽃

"나팔꽃의 아름다운 노랫소리는 사람에겐
들리지 않는대" "왜?"
아이는 입을 동그랗게 벌리며 묻는다
"사람들의 목소리가 자꾸만 커져서
작은 소리는 들을 수 없게 된 거야"
"엄마, 그럼 누가 들어?"
"아마 여치, 동박새들은 들을 수 있을걸?"
"그리고 말이야 아주 깜깜한 밤 어린 별들이
나팔꽃의 노래를 엄마 자장가로 알고 땅에
내려와 꽃잎 속에 잠들기도 한대
봐! 아직 보랏빛 아기별이 자고 있잖니?"
아이가 걱정스레 물었다
"그럼 아기별은 언제 하늘로 돌아가?"
"벌써 대낮인걸? 오늘 밤이나 내일? 혹은
봄이 가고 꽃이 져야 갈 수 있을지도 몰라"
엄마의 허리춤을 껴안으며 아이가 말한다
"내일부터 일찍 일어날 거예요, 엄마!"
올려다보는 아이의 초롱한 두 눈에도
돌아가지 못한 별 두어 개 반짝였다

완전변태

내가 샛노란 스란치마를 차려입은 것은
감추고자 함이 아니야
눈물이 굳어 알알이 망울지던 알일 적이나
눈물 녹은 여린 피부 꼬물대던 애벌레 때나
눈물로 실을 뽑아 숨어들던 번데기 시절도
그저 나였을 뿐
지우고자 함이 아니야
꼼짝 못 하고 간신히 달라붙던 날이나
나뭇잎이나 갉으며 벌벌대던 날이나
햇빛을 피해 유리된 날도
오늘의 성장을 위해 피륙을 짠 일
마지막에 가장 빛나는 회광을 짓는 일
모습이 바뀐다고 변태는 아니야
스란치마를 차려입고 힘겹게 날아오른
그 며칠의 땀과 눈물이 굳어
진주처럼 알알이 빛나는 알이 되거든
다시 돌아오지 않으면 변태가 아니야

애기똥풀

나풀나풀 나비와 노닐다가
겨울날 빈 들판에 숨어 버린 꽃 같은 사랑
다른 봄 아무렇지 않게 꽃이야 또 피지만
네 꽃자리는 내내 아득하고 깊기만 하구나
한 잎 떨어질 때마다 덜컥 내려앉는 심사
꽃다운 사람 심장에 묻고야 느끼다니
우리는 한 나무의 가지이고 이파리라는 것
밑동이 뒤집혀 가라앉은 후에야 뼈저리다니
손가락 다 닳도록 애타게 부르던 엄마
그 이름 팔뚝에 검푸른 문신으로 남아
지우고 또 지우며 너를 그리고 그려도
자꾸만 덧대어 오는 검은 물살로
끝내 한 폭 그림이 되지 못하는구나
네가 묻힌 4월은 자꾸만 돌아오고
사월 수 없는 촛불로 목숨 견디는 동안
불통과 압제의 광풍은 조금씩 잦아들고
거짓과 유린으로 침몰하던 강토도
천천히 제 낯빛을 찾아가고 있구나
죽어서도 펄럭이는 꿈아
여전히 출렁이는 희망아
그릴 수 없는 그림인 사랑아
잔인하게 꺾인 어느 4월에

노란 핏물 흘리며 눈먼 세상 버리고 만

영영 이름조차 어린

애기똥풀꽃 그대야

연애담

입술에 풀내 가득한 오래전 여자 하나
입 삐죽거릴 때마다 흘리는 풀내가 좋아
며칠 봄 배고픔도 잊고 노래만 불렀어
늘 어긋맞은 난 여태
짧은 한철만 눈부신 겹벚꽃으로
풀로만 살지 못하는 초식동물로
어깨를 절며 곪은 사월을 걷고 있어
견뎌 보려 밥이야 어찌 욱여넣어 보지만
밀어를 잊은 입술에 이름 봉긋한
내 오래된 여자
막걸리잔에 어른거리는 얼굴
풀내는 아슴푸레하고 취기는 아름작거려
퍽퍽한 가슴에 실한 노래가 돋겠냐마는
혹여 늙은 노래도 한 송이 꽃이 된다면
그대 풀내 피는 오랜 입술에서 잉태된 것
풀은 저 꽃의 어미, 밥은 풀의 혼
딱 한 봄
몽글몽글 입 맞춘
내 오래된 여자 하나

오월의 정사

와락 끌리는 순간들은
혹은 사무치게 적나라한 것들은
유난스레 오월에 벌떡인다
입가에 끈적이는 꽃들의 애액이며
돌아서 만지작거리는 술잔의 미끈거림에
이름만 불러도 사정하는 짧은 쾌락
입술이야 검어 가지만
눈물이야 늙어 가지만
봄물 차올라 우뚝 선 숨은 나뭇가지 하나
부푼 볼록 가슴과 달아오른 그대 뺨에
서둘러 쓰러지고 마는 봄밤의 섹스
오월은
그대 흰 꽃 진 동그란 배 위에서
마침 죽기 딱 좋다
찬란한 밤 초라한 여인숙에서
잠시 열어 둔 삐걱거리는 미닫이문
슬쩍 닫기 딱 좋다

집으로 가는 길

974번 버스를 타고 집으로 간다
시장통에서 문이 열리자 키 작은 할머니
"마음으로 가유?" 청청하게 외친다
지팡이와 두 다리가 앉고야 버스가 움직인다
시내를 벗어나 새까맣게 염색 잘된 할머니
더듬더듬 내린다 소리실마을이다
할머니 마른 가슴엔 어떤 소리들이 맺혀
소리실을 떠나지 못하는 걸까
구이저수지 둑이 보이면 왕벚꽃마을이다
차창으로 꽃잎 같은 얼굴 몇 지나갈 뿐
아무도 타거나 내리지 않았다
면에 하나 순댓국집 정거장에선 갈등이 인다
내려서 한 그릇 먹고 걸어갈지
집에 가서 누룽지나 끓여 먹을지
면사무소 지나면 종점까지 시오리 시골길
버스엔 할머니 둘, 나와 기사가 남았다
두 정거장 지나 초등학교에 내가 내리면
버스는 성당처럼 고요하고 처연하겠다
마음 할머니께 눈인사를 하고 벨을 누른다
세 정거장 지나 마음마을 할머니 내리면
타박타박 빈 버스엔 저녁이 차오르겠다
974번을 타고 집으로 가는 길은

모악산 허리 돌아 또 다른 산으로 가는 길
산에 기대 샛노랗게 피었다가
하얀 보푸라기 머리에 이고 있는
민들레 할머니를 만나러 가는 길
버스가 일으키는 바람에 푸르르 날린 갓털
어디 다시 앉을지 모를
할머니 뒷모습을 바라보는 길

명자꽃 할매

항가리 135번지
명자꽃 새빨갛게 벌어지던 지난 사월 초
빨간 입술의 여인네 하나 조용히 다녀간 후
명자꽃 할머니 두어 달 고요하기만 하다
할머니 옹색한 밭뙈기 감자꽃 몇 고물거려도
색 바랜 함석 대문은 좀처럼 열리지 않았다

까만 그리움마저 침묵에 갇힌 사이
냉이꽃 들어간 자리 씀바귀 피어나고
광대풀꽃 저문 밭둑 양지꽃 방긋하다
어제는 면에서 목욕봉사차량이 다녀갔지만
할머니의 모습은 문 밖에 보이지 않았다

모과집 할배 텃밭에 불끈 솟아오른 양파
제힘을 못 이겨 줄기가 엎어지고
그늘에 기댄 생선 트럭은 쪽잠에 들었다
한껏 부풀어오른 느티나무 정자엔 오늘도
어치 몇 들락거릴 뿐 아무도 없다

생선 트럭이 덜컥거리는 스피커를 켜고
떠난 후 얼마나 지났을까
명자꽃 할머니네 함석 대문 앞

탱자 같은 아이 통통 튀어와 소리 지른다
"할매니~"
몇 걸음 뒤 꽃무늬 가방 여인네 하나
화장기 없는 얼굴로 슬며시 웃는다
함석 문이 덜커덕 열리고
두 팔 활짝 벌린 꽃 벙글어 오른다
때늦은 명자꽃이 터진다
오늘은
저녁 어스름이 보드랍다

골담초 할매

해쓱한 낮달이 지쳐 보이던 그날
보행기를 밀고 가는 야윈 걸음과
더딘 바퀴가 왠지 눈에 까슬거렸어
끄무레한 다음날 앵앵 매미가 울었지
이제 막 봄인데 어디서 매미가 울어
뒷골을 긁는 매미 소리는 구급차 사이렌
조종 소리도 없이 닫혀 버린 골담초집

할매가 오르던 길을 다시 걸었어
사람 없는 집이 많은 동네는 바람이 찰져
우중충한 날이면 철썩 뺨을 때리곤 해
맞다 보면 찐득한 슬픔의 찌꺼기
얼굴에 눌어붙어 가무레한 딱지가 생겨
꽃이 된 할매가 내 뺨에 피어난 거야
며칠 지나면 딱지에 노랗게 물오를 테고
상처 주변엔 딱새 혓바닥만 한 푸른 것들
총총한 이파리로 무장 피어오를 거야
그때 또 보러 올게 골담초 굽은 할매야
자꾸만 낮아지는 담벼락아

가난한 봄

콜록콜록 어린 봄 잔기침을 해대도
할머니 느린 심장에 꽃물은 오르고
연탄 여남은 장 아슬한 꽃샘이지만
봄맞이꽃 가녀린 웃음 철없이 따사롭다
강아지 나비 쫓다 데구루루 구르는 마당
볕을 쪼던 암탉은 길 따라 물가로 가고
주름진 입가엔 포르르 하품만 이는데
오늘은 호미도 곡괭이도 밉상이고
밭이며 산에도 원체 나설 마음이 없다
올 사람 하나 없는 이딴 봄
뭐 하러 이리도 날은 맑은지
꽃이 터져 오르고 새가 요동을 치고
바람은 속살대도 모두 한철 남의 연애사
근심일랑 둘둘 말아 베고 누워
그저 낮잠이나 한숨 자 보자
먹지 않아도 배부를 꿈이라도 꾸자

설핏 잠든 할머니 머리 위로
노랑나비 한 마리
나풀나풀 몰래 다녀간 오후 3시

입춘 무렵

잘 살아왔다
그래 이번 한 봄만 더 놀자
엄마 따라 밭둑길 걸어 장에 가던 날
흰민들레 발밑에서 아장거려 걸음 멈추던
그 봄에 가서 놀자
동생 공부시킨다고 대처 공장서 일하다가
아무도 모르게 묻힌 큰형의 봄 말고
독재에 맞서 싸우는 어린 제자들 곁기에
앞장서 나서다가 산화한 삼촌의 봄 말고
작은 바람에도 풀보다 먼저 드러눕는
모르는 사람의 손을 잡고 봄맞이 가자
힘겹지만 딱 한 봄만 더 놀자
공장서 돌아오는 누이 손에 고기 한 근
자글자글 볶아 낸 기약 없던 기름진 저녁
별을 보며 꼭 안아 주던 그 봄밤으로 가자
최루탄 사과탄에 얼룩 범벅이 된 얼굴로
막걸리 절어 밤새 철의 노동자를 부르던
그 봄 말고, 생때같은 아이들 수장되어도
권력의 밑동에 숨어들던 사악한 봄 말고
모르는 달동네 연기 순한 마을에 들어
연탄 한 장, 쌀 한 톨이 되자
한갓지고 게으른 천국에 봄이 있으랴

각박하고 치열한 이승 싸워낸 사람만이
봄이라는 황홀한 환영을 맛볼 뿐
그래 잘 버티어 왔다
엄마가 기어오르던 비탈 감자밭을
누이가 아득히 넘던 으악새 길을
꽃 볼 새 없이 흩어진 형님의 흙길을
다시 한번 더 걷자
먼저 지나간 춤사위들이
뚝뚝 눈물이 되는
우수까지만 살자

사랑

모든 풀과 나무는 꽃을 품고 있다
어느 날 환하고 아름답게 피어오르지만
드물게는 눈에 띄지 않게 웅크린 채
숨어서 핀다

사람도 모두 가슴에 꽃대 하나 심어 둔다
드러나지 않게 속으로 천천히 피워 내지만
드물게는
하필
내 앞에서 눈부시게 피어오른다

번뇌

나는 강아지보다 강아지풀이 좋다
늘 무심하다
난 고양이보다 괭이밥이 더 맘에 든다
늘 고요하다
난 개미보다 개미취가 더 예쁘다
늘 평온하다

난 강아지처럼 온종일 뛰어다니거나
고양이처럼 평생 눈치를 살피거나
개미처럼 하루하루를 근면 성실하게
살고 싶은 생각이 없다

간절하게도
난
다른 생엔
그저 풀로 태어나길
부디 무심하고 고요하고 평온하길

중독

어떤 부전나비는
나무에 집을 짓고 사는
어떤 개미집 앞에만 알을 낳고
개미들은 나비 알을 정성껏 돌봐
열심히 꿀을 물어다 키워 낸
저보다 수십 배 커진 애벌레를
제 자식인 양 애지중지 돌보는 거야
나비 애벌레가 분비하는 무언가를 먹은
개미의 행복해진 꼬리가 하늘을 춤춘다고
꼬리치레개미라는 이름을 얻었어
둥지를 떠난 나비는 이끌리듯 다시
그 개미집을 찾아 알을 낳는 거야
언제부터 그랬을까 나비와 개미는

당신이 물었어
우린 언제부터 사랑에 빠졌을까
우리의 중독은 시작이 없어
태어나면서 정해진 길을 따라가 보니
거기 당신이 있었을 뿐
오래전 나는 당신으로 살진 애벌레
당신이 좋아하는 나의 넥타르는
당신에게 가까이 가기 위한 느린 땀

당신 으쓱한 뒤태가 내가 사는 이유지
잘록한 허리 부러질까 봐
아주 느리게 입 맞추던 날들

때론 바람 한줌에도 기억이 지워져
혼자 이불 싸매고 돌아눕던 날도
날개 돋아 훌쩍 떠나던 날도
어깨 들썩이며 울지 않았던 당신
그만 숲으로 날아가라 날 보냈지만
이제 그대 나무집으로 돌아가려 해
모습은 달라졌어도 금세 알아보고
방긋 웃을 거야 당신

* 마쓰무라꼬리치레개미와 쌍꼬리부전나비

몸살

몸살을 앓고야 알았네 얼마나 뜨거웠는지
저물어가니 알겠네 얼마나 반짝였는지
꽃 지고 보니 알겠네 훌쩍 사라지는 꿈
다투어 피지 않고 목놓아 피는 꽃

견뎌내 보니 알겠네 검붉은 상처의 무늬
남겨지는 일 얼마나 무거운지
가벼이 스러지는 일 얼마나 버거운지

바라볼 때 보이지 않던 봄
문 열어 여름 오면 돌아보는 꿈
모두 가도 서럽지 않던 가을
겨우겨우 흐느끼는 겨울

봄날

아롱아롱 가물대는
아지랑이 따라
가실가실 풀잎 촘촘한
울 엄니 봉긋한 묏동 가에
포슬포슬 졸고 있는
겨드랑이 햇살 빼곡한
살진 고양이

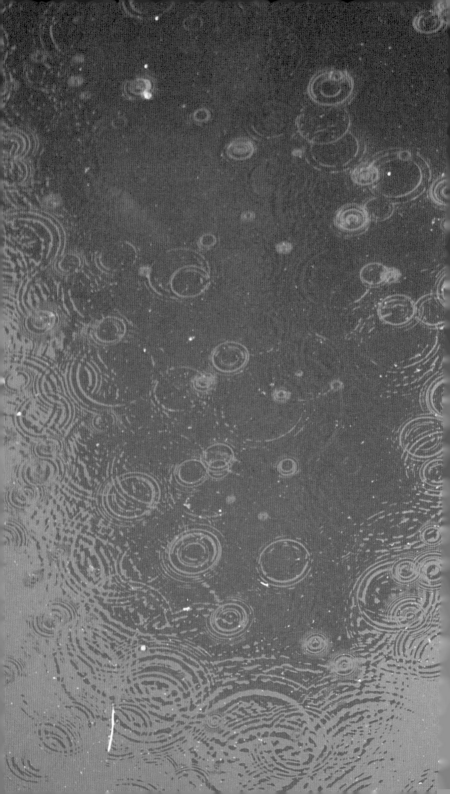

문 열어 **여름**

오면 돌아보는 꿈

옥수수

내 키가 처음부터 푸르지는 않았어
나는 노랗게 깡마른 씨앗 하나
내 팔이 저 혼자 펄럭이지는 않았어
난 수염을 난발하며 해를 기어오르는
속이 텅 빈 대
푸른 키는 모르는 사람을 기다리던 망루
빈 대는 열망해도 잡히지 않던 별의 꼬리
그날부터 있잖아
그대야
부서지던 것들 손바닥에 고이기 시작했어
우수수 네가 쏟아져 내린

그리하여 나는
푸르게 펄럭이는 살진 옥수수
다 털어 낸 푸석한 속대에서도 노래가 나와
그대 아득한 동공에서 음표가 막 흘러내려
내 가슴을 사선으로 베어내는 카프리치오
빈속을 차오르는 2악장 브릴란테

태풍

비의 뇌를 열어 봐
무슨 생각으로 그리 곤두박질치는지
부서졌다가 다시 모여 휩쓸고 다니는지
하지만 근심은 나만의 일이지
본디 비는 소리가 없건만
부딪히는 모든 것들이 빗소리를 만들 듯

바람의 염통을 꺼내 봐
무슨 마음으로 그리 엎질러지는지
어디서부터 와서 마구 할퀴고 다니는지
하지만 걱정은 나만의 몫이지
본디 바람은 동요가 없건만
지나다 감긴 것들이 소용돌이를 만들 듯

큰물 일어 산이 깎이고 바위가 구르고
큰바람 높아 바다가 울고 하늘은 흔들리는데
어라! 작은 나비 하나 날아오르네
나비 따라 가물가물 시간을 거슬러 오르면
구름 먼 너머 아스라이 맑은 하늘에

잊었던
당신

눈물

한

방

울

.

.

벽

온전히 불합리한 여름
갑자기 막걸리처럼 걸쭉하게 날이 구겨졌다
아니 실은 흐트러졌다
내가 읽은 모든 글자가 산산이 부서졌다
가끔 세탁소 와이셔츠처럼
반듯한 삶도 있었겠지만 굳이 찾지 않았다
구겨진 내 희망은 아직 주인 없이 걸려 있다
문 닫을 날을 기다리는 세탁소 노인의
기침이 잦고 가늘어진다
낯익은 모르는 사람
아킬레스에 젖은 장마가
알츠하이머까지 이어진다는 걸 몰랐다
불합리한 여름의 네가 무덤까지 파고들었다

적시지 않고 장마라 말하지 말자
부딪히지 않고 벽이라 말하지 말자

달개비

샛노란 희망을 입에 문
꽃의 꿈을 담는다
어두울수록 오롯이 더 푸른 꿈
댕강 잘려나간 모가지 푸른 피 솟구친
전봉준 같은 꽃
열사의 무덤까지 파헤쳐 살아남은
개망초로 뒤덮인 배반의 땅
무뎌진 단죄의 칼이 뿌리마저 썩게 한
열사의 시대
초목들 여린 입 거품 뿜어내는
끝나지 않을 듯 등등한 폭염에
꽃 핀 지 반나절도 안 된 달개비
푸르르 흘러 녹아내린다
모가지야
댕강 잘리든 녹아내리든
샛노란 희망을 품은 강물이야
가실 줄이 있으랴

안개

소리는 보이는데
모습은 들리지 않는다

너는 지금 여기 있는데
나는 어디에도 없다

장마

비는
떨어지는 건지
흩어지는 건지
뿌리치는 건지
매달리는 건지

나는
스러지는 건지
젖어오는 건지
끌어안는 건지
놓아버린 건지

그리고
너는
이미 없는지

우산도 없이
울기 좋은
장마

파란 사내

가슴이 파란 사내 하나 안다
타인의 슬픔에 푸른 눈물 흘리는 사람
타인의 아픔에 파란 멍이 드는 사람
손을 잡으면 푸른 물이 든다

그림자를 지닌 차가운 고요 괴테의 블루도
상실과 우울을 건너는 키에슬롭스키 치유의
블루도 어둠 안에 빛, 투명한 눈물

막걸리 한 잔에 소맷자락부터
푸르게 취하는 그를 안다
그와 함께 푸른 춤으로 흔들리면
곁을 둔 모두 푸른 물결로 일렁인다
그를 생각하는 일은
푸른 꿈 낮잠 한숨
하늘이 유난히 새파란 오후
그를 만나러 간다는 것은
푸르게 취하러 나서는 것이다

열대야

널어놓은 시간을 타고
뚝뚝 그대 습기가 떨어져 내린다
구멍 퀭한 담 너머 하루가 바싹 마르면
탈색된 기억도 보송해질까
황태 바스라기처럼 깔끄럽던 이야기도
목구멍에 스르르 녹아들까
흑백으로 점철된 염증
불면을 저어 간신히 건너고
밤 같은 아침이 내려앉아
무채색 햇빛이 박혀 들었지만
밥은 한 술갈 넘길 수 없고
어제 걷지 못한 반건조 그대
물기도 없이 다시 눅눅하다

어떤 부고

처마도 허리도 자꾸만 낮아지던
최 할머니 떠난 며칠 뒤 집이 헐렸다
한 주 내내 비도 없던 버거운 8월
백 년의 고단한 삶을 덮어 주던 기왓장
굴삭기 하나로 우수수 무너져 내리고
기억이 철거되는 소음 사이
한 세기가 장례를 치르고 있었다
손전화 기운 없이 드르르 떨렸다
한 그림쟁이의 부고
그래 목매기 참 좋은 날이었지

자꾸만 좁아지는 골목길
아무도 그들을 막지 못했고
숨이 턱턱 막히는 여름
그늘 찾아 모인 동네 어르신 몇
서로 말도 없이 먼 곳만 바라보았지
해마다 이맘때 우물 정수리 참하게 앉아
툇마루 할머니 친구 해 주던
볼 발간 고추잠자리
지금은 어디서 놀고 있는지

염장이 할미

창망한 대양을 바람으로 나부꼈다 해도
암전의 심연 짓누르는 고통 건넜다 해도
그저 생은 눈물겹다

군산 째보선창 후미진 골목
갈라진 가마솥 뚜껑이 내려앉은
염장이 할미 휘어진 손이 부산하다
떠나온 바닷물 길어 올려 몸을 씻기고
정성스레 구석구석 닦아 침상에 누이면
성긴 그물 사이 소금 바람 둘러 나간다
할미 귓불 타고 흐르던 땀 몇 방울
하얀 염화로 피어날 즈음
평온하고 깨끗한 얼굴 은빛 물고기들
평생 젖은 삶 나머지 습기를 말린다
마음 구석까지 바싹 말라야
영혼이라도 바다로 돌아간다고
거친 숨 염장이 할미 기도하듯 중얼거리는
짜고 습한 염습
찐득거리는 마른장마의 오후

이별굿

아름다운 것들의 토사물이 흥건하던 봉놋방
애증이 진양조로 흐느적거리는 밤을 거슬러
늘어진 카세트테이프를 긁어 대던
중모리 시나위를 업고 그대는 떠났다

산마루 자진모리로 멀어지던 그대 등줄기
메나리 가락 출렁이고
설익은 밤꽃 비릿한 냄새
거문고 줄풍류 소리에 묻혀 멀어졌다

나에게 지금이란
그대 엇모리 장구 가락 느린 되새김질
나에게 그대란
꼬리 물고 반복되는 미환입의 도드리

농현 시김새에 주저앉던 계면조의 그 여름
몇몇 붉은 꽃들은 스스로 목을 꺾어
짧은 악장을 매조지하기도 했다지

탈피

검버섯 다닥다닥 늙은 계단을 오른다
내 골격이 퇴화한 시간만큼
계단의 피부에서 밀려난 각질이
발목에 바스락거린다

며칠을 혼자서 끙끙 앓아 본 사람은 안다
지독한 몸살은
걸어온 발목에서 시작된다는 것을
발아래 부서져 내리는 통증은
폐쇄된 꿈의 생가에서 부쳐온 안부라는 것을
엿가래 녹듯 끈적한 신열은
그저
쓸데없이 무겁게 걸어온 생의 계단에서
이젠
떨어져 나가려는 각질들의 아우성임을

유월 엽서

지난해 유월이 목매 죽었다는 강에 오니
주검 밟고 핀 또 다른 유월이 무성하구나
강둑에 새긴 유서는 숱한 침수에 허물어지고
이제 뿌리만 붉은 풀로 견디고 있구나
오고 가는 일 먼지라도 남기지 말자 했건만
내가 떠밀려 난파한 자리 네 뿌리 선연하다
애초에 흔적도 없이 사라지기는 틀렸다
하루 일을 잃어버린 새벽 난전에서
빈속에 들이킨 비린 것들로 헛구역질하니
목구멍에 타는 너의 무늬가 깊다
식도에 달라붙어 게워낼 수 없는 흔적아
갈퀴덩굴 난만한 강에서 유월을 난자한다
어떤 유월은 살해되겠지만 다시 싹튼 유월은
동그랗게 돌아와 제 자리에 피겠다
쉽게 죽는 네가 좋다 쉽게 피는 망각이 좋다
유월은 잊기 좋은 달
흔적도 없이 사라질 수 없다면
이 넓고 가파른 유월
기억을 살해하기 딱 좋다
혹은 다시 살기에도 그지없다

비웃듯이

비뚤비뚤 살아온 날들이
비스듬하다
비껴간 별들의 여광으로
비로소 튕겨 살아난 나를 본다
비루한 날들이나마
비장한 주류를 향해 걸었다
비롯된 것이야 무엇이든
비린 유치의 숲을 걸어 나와
비구상의 세월에 나를 던진다
비브라토로 떨리는 어린 혼
비옥한 마음밭 뿌리내리려면
비틀고 짜내어 단 한 방울이 되어야 한다

비웃듯이
비 온다
비워야겠다

가지꽃

여름이 쭈뼛쭈뼛
헤진 블록 담장 사이를 머뭇거릴 때
장독대 옆 콧구멍 남새밭엔
보랏빛 가지꽃이 숨어 피었지요
희한하게도 해마다 꼭 그맘때 엄마는
옷가지며 세간붙이 보따리에 싸곤 했는데요
막내인 내가 열한 살이던 그해도 그랬지요
비녀 무거운 엄마 뒷모습이 힘겨운
말도 없는 등걸잠 무거운 밤이었죠
방은 자꾸 좁아지고 변소는 점점 멀어지는
이사의 반복으로 가난은 점차 가팔라지고
손수레의 신음도 깊어만 갔지요
하필 봄 가뭄이 바닥을 친 해였는지
산동네 우물은 모두 바싹 말라 있었지요
고난의 행군을 마친 지친 남매를 위해
허겁지겁 엄마는 동네를 뒤집고 다녔죠
겨우 구한 물 한 말 마른 목은 적셨지만
저녁밥은 끝내 짓지 못했던 것 같아요
보따리도 못 풀고 어수선한 잠에 든 밤
아름다운 보라색 무지개 꿈을 꾸었죠
연보라부터 진보라까지 한 색깔로만 뜬

참!
그날 잠들기 전에 꿈결인 듯 아닌 듯
엄마가 뭔가를 슬쩍 입에 넣어 주는데요
부스스 보니 연필만 한 어린 생가지였어요
달콤하게 자근자근 씹히던 엄마의 숨소리

이삿날 아침 살던 집 남새밭
서너 송이 함초롬한 가지꽃 사이
숨어 자라던 어린 가지 하나 보았다는 말은
엄마에게 하지 않았어요
이삿날 밤의 일 형제들에게 비밀이듯이요

저녁

어느 막다른 여름
마을과 떨어진 수수밭 길을 온종일 걸었지
이런저런 생각들 수숫대로 흔들리던 저녁
쌀도 좀 사야 하고 두어 달 밀린 방세며
삐끗했던 허리에 편두통까지 성가시게 했어
공사장이든 멸치 배든 버려야 하는 절박함에
목구멍이 따갑게 타들어 갔지
내 탓이었어
선한 사람들의 절규가 수장되고 진실의
입은 매장되는 시대의 탓도 사회의 탓도
몇몇 인두겁을 쓴 짐승들 탓도 아니었어
자책의 무게로 가라앉는 발바닥을 옮겨
하루의 끝에 닿아도 수수는 익지 않았어
가을이 와도 결코 익지 않을 것만 같았지
한 해가 가고 또 설익은 여름이 지나고
나도 모르는 사이 그날 여물지 않은 수수들
한 착한 농부로 발갛게 익어 사람을 살리고
오늘 다시 여물지 않은 푸른 수수밭 길을
어제 나처럼 어깨 낮게 흐느끼는 한 사람
절망의 저녁을 걷고 있어

불만에 대하여

뜨겁다고 불만을 품는 일은
스스로 가슴에 불만 지피는 일이다
불같은 날씨라 투덜대지 마라
불만 한 발견이 인류에게 있긴 했던가
아내에게 그대는 늘 불만이지만
불같은 아내를 찾아낸
그댄 꽤 성공한 탐험가
뜨겁다고 아내를 피해 다닐 수는 없다

행주

당신을 만난 뒤 늘 젖어 있다
당신이 닦아 내려는 것들에 베여 가며
살결이야 닳아 가지만
물기를 꼭 짜 주는 당신 흰 손이 좋다
다 마르지 않은 채 다시 젖기도 하지만
가끔 맑은 햇살에 나를 넣어 주는
당신 날랜 어깨가 좋다
누에였든 목화였든 삼이었든
씨줄의 기억은 사라지고 날줄의 상처만
얽히고설킨 싸구려 실타래였던 나
온 몸을 적셔야 갈 수 있는 곳
이제 당신으로 안다
나는 당신으로 젖은 한 타래
당신 흰 손이 날랜 어깨가 짜고 널어야
얼룩진 그 누구 또 닦을 수 있는
꼭 당신이어야만 하는 나는
먼 옛날 당신 배냇저고리에서
슬쩍 도망쳤던 실오라기 하나
보풀보풀 떠돌다 허위허위 감기다
이제야 돌아와 당신 손에 젖는다

어떤 열병

돼지는
집돼지는
한 번도 스스로 먹이를 구해 본 적 없는
목살 때문에 하늘 한번 못 본 돼지는
심각한 밀도에서 갑갑한 생을 보내는
먹고 조는 것밖에 아무것도 할 수 없는
그래도 먹이를 주는 사람이 오면
퇴화한 꼬리에 불쑥 힘이 들어가는
그런 돼지는
어쩌다 야생을 등지고
인간에게 의지한 돼지는
사람만 아니면 15년은 사는 돼지는
태어나 6개월이면 도살장에서
고기로 분해되는 돼지는
예약 줄에 선 6개월이 행복할까
아니면 몸통 그대로 흙이 되는
생매장이 차라리 행복할까
어떤 돼지는 6개월이 되기 전에
이따위 열병을 만나길 바라지는 않을까
오롯이 가족과 함께
그대로 땅으로 스미는
그리하여 새끼의 살점을
사람의 거리에 걸어두지 않아도 되는

복

푹 삶긴 말들을 찜통에서 건져 보지만
너무 물러져 어눌한 말들에
당신 사랑도 진땀이 나지
말로써 짓지 못한 복이
달궈진 길 저만치에 굴러다니고
꼭 할 말 있지만 삼복염천은 지나야지
처서 지나 찬 이슬 백로나 돼야
열꽃도 한풀 꺾일지니
동짓날 빈 달에 술이나 들이붓고
자빠질 슬픔이 두려워
파랗게 입술을 떨고 있는 내게
말년에 복이 있는 사람이라 위로하며
꺼이꺼이 강소주 복달임 한 잔에
당신 두 눈엔 붉은 여름 동백
입술에 붙은 밥알도 무거운 삼복이라
말을 못 했다고
발바닥에 붙는 뜨거운 습기 때문에
돌아서지 못했다고
세 번을 엎드려 엉킨 생각 빗질을 해도
복중에 이별이란 가당치가 않지
처서 지나 찬 이슬 백로나 되면
말로써 짓지 못한 복도 차갑게 식어

지근거리던 울증도 숨어들 거야
엎드려 보면 높지 않은 것이 없듯
자빠진 것도 소중하지 않은 건 없어
내 입술이 뭉개진 복중에
당신 치열한 땀내
얼룩진 것들 삶아 몇 번이고 털어 너는
빨간 복날 바지랑대

모두 가도 서럽지
않던 가을

계시

꽃이 아름다운 것은 사람을 위함이 아니다
꽃가루를 날라 번식시켜 줄
날벌레를 유인하려 함이다
열매가 붉은 것도 사람을 위함이 아니다
과육을 먹고 씨앗을 날라 줄
짐승들의 눈에 들기 위함이다
그대가 꽃으로 보이는 건
내 눈이나 즐거우라는 것이 아니다
그대 화분 가슴에 모아 피우라는 명령이다
열매가 달게 익어 결실이 아니다
언 땅에서도 깜깜한 내장 속에서도
꿋꿋이 살아남아
꽃피워 내라는 계시다

가을

조그만 눈 졸려오면 감실대는 속눈썹
청실잠자리처럼 내려앉는 사람
문득 시심 돋은 밤 한 줄 쓰지 못하고
날이 새면 내려앉은 외꺼풀 눈 비비며
동그란 하품을 피우는 사람
애써 국물 남긴 지난밤 라면으로
얼굴에 포동포동 부기가 오른 사람
팔랑대며 빨래 널다 라디오 노랫소리에
한참을 창밖만 바라보는 사람
머리칼 둘둘 말아 올리고 휘파람 불며
오도독 그릇을 씻는 사람
쪽창 열고 젖은 손 훔치며
뒷집 할머니 해맑게 인사하는 사람
커피를 내리고 책을 펴다가
눈물 두 방울 뚝 이유도 모르는 사람
냉장고 문 몇 번이고 열었다 닫았다
결국 따버린 맥주 한 모금에
복숭아처럼 볼그레 달아오르는 사람

어느 마을에나 살고 있는 사람
어느 길에서나 불쑥 만나는 사람
가까이 있다가도 홀쩍 아스라한 사람

떠올리면 마음 한편 그득한 사람

새참을 인 누이 같은
그녀가 왔다
가을이다

발목

밑 빠진 서랍장 바꾸며 양말을 세 봐요
목 없는, 목이 긴, 두꺼운, 버선 같은…
근데 어쩌다 며칠씩 틀어박혀 있는 날엔
저절로 손이 가는 양말이 하나 있어요
길지도 짧지도, 얇지도 두껍지도 않죠
포대자루처럼 늘어져 손가락 하나로 쑥
드러누워 있다가도 발가락 하나로 쑥
편하게 신고 벗는 낡은 양말이지요
숱한 날 서랍 속에서 덩그러니 날 기다리던
온종일 발을 감싸고도 바람 한번 쐬지 못한
굳이 마음 쓰지 않던 마냥 편한 한 자루
누가 내 발밑까지 살핀다고
누가 내 신발 속사정까지 벗겨 본다고
발목 짱짱한 양말들만 골라 신었는지
가파른 낮, 혹은 먼 밤
있는 듯 없는 듯
불안한 체온을 감싸는 두께
내가 몰랐던 내 피부
당신이었군요 미안해요

인고

간신히 매달린 삶이 아름다운 날이 있다
굳이 힘들다 말하지 않고
가까스로 버티는 생이 뿌듯한 때가 있다
내 척추에 숭숭한 바람구멍으로
휙 빠져나가 버린 젊음도
하나도 아쉽지 않은
그런 시간도 있다
청춘의 유산으로 남은 골다공의 골조여
네가 아니라도 이미 충분히 아픈 날들
통증이라도 분분하니
이제 잊어버려도 될 만한 낡은 고립은
손 닿지 않는 저만치에 방치해 두자
곰곰이 생각해 봐도
하나도 외롭지 않고
너 닮은 하늘만 새파란
그런 세월이 있다

가을 무

갈 사람은 가는 게 가을이라고
입술 바짝 마른 할아버지는
가쁜 숨을 몰아쉬며 말했어
푹 파여 일그러진 눈주름 아래로
발갛게 단풍이 오르기 시작했고
잡은 손마디 차갑게도 툭 떨어지더니
서리 맞은 이파리처럼 하얗게 굳어 갔지
궁핍한 큰딸 살림에 손바닥만 한
양은 냄비 하나 안 내주던 인색함도
서랍 깊이 숨겨 논 볶은 콩 몇 알
외손주 어린 입조차 외면하던 고약함도
날품 팔아 보리죽이라도 쑤는 이웃에
버럭 소리를 질러 대던 뿔난 심보도
덩달아 하얗게 굳어 가는 동안
채 다 뽑지 못한 무밭엔
때 이른 눈이 내렸어
무섭고 정 없는 할배야 어떻든
무나 하나 뽑아 먹을 요량으로
눈 내리는 무밭으로 달려갔어
목이 탔지 모두 말라만 가고 있었잖아
유난히 키 높은 무 하나 쑥 뽑아 보니
파랗고 등등한 윗동과 달리

살이 빠진 아래쪽은 말라 가더군
왜 그랬는지 푸른 윗동만 끊어 들어가
착해진 할아버지 머리맡에 놓았어
조용하던 어른들은 그제야
소리 내 울기 시작했지
하얗게 슬픈 한 가을이 저무는 날이었어

문상

그대 어제를 걷던 오르막
자꾸만 내려앉던 잇몸처럼
서서히 무너져가던 생의 벼리가
비뚤어진 초상화로 걸려 있다
한쪽 눈이 먼 할배네 점방에 들러
오늘도 검은 비닐봉지엔
담배 한 갑 막걸리 한 병
먼저 간 그대 생의 한쪽 기슭에 앉아
나 한 잔 그대 한 잔 술을 나누면
부끄러운 일 술보다 먼저 달아오르고
저녁보다 마음이 먼저 저문다
일어나 엉덩이 툭 털고 나면
오늘이야 지나가겠지만
온 생 축축하게 살다 간 그대
어둠이 흘러내려
종이컵 더 눅눅해지기 전에
한 번만 다녀가시라

가을 길

나붓이 홀로 걷는 길이라도
얼굴만 보는 사람은 구별하기 어려워
누가 쑥부쟁인지 벌개미취인지 구절초인지
이파리가 가는지 동그란지 갸름한지
허리가 휘었는지 등줄기는 꼿꼿한지
천천히 봐야 알 수 있지
얼굴이야 다들
아침엔 파리하다가 한낮엔 볼그레하고
저녁엔 달빛 따라 뽀애지기도 하거든

고물고물 느릿한 가을길에서
그대를 비껴가는 것들이
하늘인지 구름인지 바람인지 숲인지
어찌 알까
가슴에 박히는 것은 얼굴이 보이질 않아
쿵 하고 추락하는 거지
가슴이 퍼렇게 멍드는 거지
그제서야 이름이 되는 거지

견딘다는 것

견딘다는 것
꼭 이겨낸다는 것은 아니지
꽃이 나비를 견디듯 나무가 바람을 견디듯
내 살을 파고드는 따끔한 너를 받아들이는 것
뾰족한 새순들 땅의 피부를
이곳저곳 뚫고 오를 때 그 뿌리들
땅의 속살을 여기저기 파헤쳐 들 때
거부하거나 돌아서지 않고 묵묵히 끌어안는 것
어느 날 내 심장에 움튼 너의 작은 씨앗으로
얼굴이 붉어지고 가슴은 두근거려
손발이 저려오고 어지럽게 흔들리는데
꽃 피기를 기다리는 것 찬 서리를 막아내는 것
언젠가 내 앞에서 환하게 필
그대를 기다리는 것
견딘다는 것
꼭 이겨낸다는 것은 아니지
나비가 빗방울 견디듯 바람이 산맥을 견디듯
그저 몸으로 안는 일이지 쓰다듬는 일이지
지긋이 내 것으로 받아들이는 일이지

광대

여러 사람이
내가 있는 한곳을 바라본다는 것은
내 손짓이나 눈빛 하나에도
생각이 실려야 한다는 것
여러 사람이 자신의 소리를 닫고
내 소리에 귀를 기울인다는 것은
호흡 하나에도 진심을 담아내야 한다는 것
여러 사람이 나를 찾아 주는 것은
바라는 것이 아니라 나를 믿어 주는 것
여러 사람보다 내가 한 뼘쯤
높은 무대에 서 있다는 것은
믿음에 답으로 속부터 우는 고해성사

한 생을 내내
온 힘을 다해
좋은 향기를 토해 내야 하는
천형의 피에로

중추몽

시렁 위에 떡하니 걸터앉은 조청 항아리
딱 한 번만 찍어 먹고 영영 잊으리라
먹감나무 찬장 빼닫이 열어 딛고 서서
팔 뻗어 닿을 듯 말 듯 바동바동하는 차
마당에서 엄마가 나를 부른다
간들간들 빼닫이는 우당탕 무너지고
나는 여지없이 부뚜막에 내동댕이쳐진다
눈물 자국 꼬질꼬질한 얼굴로 잠이 깨면
엄마는 콩밭에 나가고 없고 머리맡엔
분이 하얀 감자 두 알과 조청 한 종지

추석이 가까운 날엔
다섯 살 꿈을 꾼다
엄마가 있던 가을이 찾아든다

오늘 창밖 볕 좋은 길엔
한 어머니
먹감나무 그림자 돌아
대목장 나가신다

붉은 예수

내 시인 친구의 김치는 맛이 짙다
그녀의 시처럼 노래처럼 감미롭다
시와 노래가 구석구석 고분고분
잘도 박혀 있다
포기째 손으로 찢어 한입 베어 물면
서걱서걱 문장이 씹히고
톡톡 말의 알맹이가 터진다
겨울을 견디고 봄을 지나도록
김치 속은 보글보글 잘도 여문다
웅숭깊은 이력만큼 잘 익은 김치는
끓이고 지지고 볶고 삶아도
그 맛이 달아나지 않는다
언제든 꺼내 먹을 수 있는 붉은 시
내 시인 친구의 김치는
포기 가득한 은혜
선연한
붉은 예수

9월의 염도

파란 슬픔에 발이 빠졌다

더디게 흘러내려 물컹대는 저녁
내려앉은 턱을 떠받은 왼쪽 팔에만
퍼런 동맥이 부풀었다
사는 일 걷는 게 아니라
빠진 발 하나씩 빼내는 일이라고
한 발 빼내기 위해 다른 한 발을
다시 펄에 박는 일이라고
눈 깊어 슬프던 그대의 말은
지금쯤 새벽안개로 흩어졌겠다
아마 그런 슬픈 즈음이라면
수레국화 같은 보랏빛 구월이겠다

그대 흘러간 물골 희미한 자국 남듯
짠 음식에 서서히 길이 난 나는
뻘밭을 뒹굴고 밀물이나 희롱하다가
적당히 혈압이 오른 붉은 취기에
쓰러져 조곤한 잠에 들기도 했다

문득 슬픔에 절여진다는 건
그대 땀만큼의 염도만 필요한

테킬라 같은 것
팔랑팔랑 웃음 흔들며
다시 올 그대를 기다리는 것

과일이 있는 정물

귤

나는 가시 옷을 걸쳐 입은 탱자다

노랗고 딱딱하게 말라 가고 있다

다시 회수를 건너 말랑해져야 한다

사과

명사를 자주 잊고 동사에 게을렀다

형용사는 남발했고 조사는 불분명했다

이제 부사만 남았다

이를테면 가끔, 드물게, 드디어

삶에 사과한다

감

생이 너무 달다

꽃 밀어 떨어트리고 푸르게 오르던

단단함을 벌써 잊었다

너무 단 생은 쉽게 물러진다

단감? 사는 게 달콤하냐고

밤

껍질은 어둡지만 속은 뽀얗다

잠은 캄캄하지만 꿈은 환하다

이제 가시 옷만 벗으면 된다

김 씨의 가을

느린 오후
빈 수레는 요란하지 않고
나는 사붓사붓 햇살을 밟으며
가을을 걷는다

칠산 파시 철에는 마대에 돈 싸 들고
객줏집 여자 궁둥이 좀 두들기고 다녔다던
하 씨 영감 집 어슷하게 기운 기왓장 사이
분칠한 왕고들빼기 살며시 피어오르고
팽나무 휘감긴 마을 정자에 기댄
고무래와 낫 달린 주인 없는 자전거
오수에 빠져 있다
둑 너머 깻대나 바스락 잘 마르면
돌아오는 길엔
실비집 아지매 막걸리 한 사발에 걸친
젓가락 장단도 얼큰하겠다

김 씨의 빈 수레는 오늘도
채우지 않아도 가득하다

통증의 강

아픔은 강물이다
차박차박 찰랑이다가
큰비에 무너지는 범람이다
노을 붉게 설레다가
찬 밤에 가라앉는 침묵이다
어느 여울에 문득 감겨 온 사람아
사근사근 속살대던 어린 돌들의 노래
오들오들 품속으로 파고들던 잔물결
이제 이명으로 흔들리는가
어차피 흐르는 것의 바닥은 울음
울음이 깊을수록 물결은 고요하다
고개 떨구지 마라
출렁거려야 강물이다
모양도 없이 스며들던 우리
모난 돌 동글동글 다듬던 우리
통증 삭여 핀 영혼 물비늘로 반짝이는
저녁 강에서 네 이름을 부른다
울지 마라
유유히 흐르는 아픔아

개여뀌의 변

내 혀가 붉다고 얼굴에 잔털이 있다고
이름 앞에 개를 앞세운 건 독재다
혀 붉어 빨갱이고 털 있어 도둑놈이라니
붉은 혀는 제초제의 독기에 대항했던 흔적
잔털들은 악착같이 살아온 땀의 증거
다른 여뀌처럼 독 뱉어 물고기 잡지 않고
보릿고개 곤궁에 곰방대 매운 할배
침 마르지 않게 헛안주로 씹히기도 했다
초가을 논두렁에 들불처럼 번지는 것은
가녀린 뼈대 모여 죽창이 되고자 함이요
잡초도 세상을 바꿀 수 있다는 결기다
매해 새 뿌리 난다고 한해살이는 아니다
오히려 해마다 새 피로 젊어진다는 것
눈시울 붉게 일어선 작고 약한 것들이
피멍 든 산하를 살려 낸다

나는 개여뀌다
번져 오르는 들불이다

동무

그랴그랬제온산에참꽃벌겋게필적잉게
봄냉이캘라꼬마른논나갔다가그려그날첨봤제
꽃가마는아녔지만자네참말로꽃같이이뺏당게
저짝고개너머자네시집오던날
마을머스메들이몽땅꼭깽이자루내쏘고
구경한다고난리였지라
은제그라고세월이홀쩍가버렸당가
고구메밭에버려진사이다깡통맹키로
파싹꾸겨진자네와내만인자남았네그랴
핑생땅만보고살다봉께허리는고마꼬부라지고
맴도눈도자꾸땅바닥에가까워징게로
인자는땅속으로다시들어갈날받아논기라
늘근이신세라아침해보는날이을매나남았을제
깐난이큰놈나두고전쟁에나간신랑이야속하고
새깽이끼니도못챙기는에미속은문들어졌는디
동무오던날은요상스럽게온세상이환했어라

자네먼저가믄안되네내도작년에죽다살아낫자네
머시든음식만맹글믄내를찾아와손을이끌고
숟깔지어준동무자슥들이먼소용이꼬
가을됭께머시자꾸떨어지느만
그랴도자네는안되네

자네먼저가믄안되야참말로안된당게
낭중에내하고손잡고같이가세
고개너머로자네오던날잊을수가없데이
시방은그고개에신작로생기구참꽃도
옌날가치안치만서두자낸여전히참꽃처럼곱구만
암껏도아닐거여걱정말고요새병원이을매나조은디
하지감자로수제비끄리놀텡게조심해같다오소

김장철

실하게 자란 배추 뽑다가 허리 한번 펴고
아내는 날 보며 살그니 웃는다
살짝 언 볼이 투명하게 푸른 배추벌레 같다
눈 내리던 지난밤 잠 못 이루던 소녀가
눈 녹은 오늘 비탈밭에선 전사가 되어있다
질척한 고랑 누비며 배추를 나르는 모습에
울컥 눈물이 나 실없이 노래나 주절거렸다

모레 장날엔 아침 일찍 장에 나가
두툼한 꽃무늬 덧버선 하나 사고
돼지고기 두어 근 끊어다가 탱글탱글 삶아
갓 비빈 김치에 따뜻한 한 점 올려
첫입 아내에게 맡기고 살그니 웃어 줘야겠다

굳이 말하지 않아도
골골이 얘기 가득한 아내 이마 주름이
백열등 아래 슬그머니 밝개지면
사슴처럼 착한 어깨 슬쩍 감싸며
아이 되어 잠시 기대도 좋겠다

견뎌 내는 하루
신발이 젖고 양말까지 눅눅해지는

습한 나들이
일이 끝나자마자
아내 신발 먼저 탁탁 털어 세워 놓고
젖은 양말 고단한 하루
늦은 오후 햇살에 널어놓는다

여보
오늘도 수고 많았소

추석

지난여름 가지밭에서는
쇠박새 정수리 콕콕 쪼듯 햇살이 징하더만
반질반질 새알처럼 밤도 잘 여물었다
코앞에서 차곡차곡 익어 가는 가을
추석이 낼모레 오늘은 읍내 장
밤톨만 한 얼굴 새까만 눈 손주 생각에
서둘러 장에 나섰다

손마디 쿡쿡 찔러가며 깐 밤 한 말
뒷집 놉 얻어 딴 것 중 좋은 놈 골라
볼그레 담아낸 복숭아 한 접
파장엔 손주 입에 들어갈 기름과자 두어 봉
담배 한 보루면 오늘은 넉넉하겠다

돌아오는 길엔 보따리 들어 준 버스 기사
박카스나 한 병 따 주고
아낙들 인사하고 마음도 가벼이 내리면
저녁연기 조붓한 길
곧 자식 손주 맞을 생각에
오늘따라 허리도 꼿꼿하시겠다

하룻밤 자고 나면 또 하루가 오는

양지뜸 돌담집
농약 이름 박힌 어머니 달력의 하루는
기다림이 영글어 가는
추석이 낼모레

몽유

나흘 만에 집구석이라고 왔는데
또 아내가 없다
문을 열자 익숙한 초겨울 냉기
묘시의 각성처럼 메슥거린다
아내는 이번에도 돌아오지 않았다

살다가
아니 헤매다가
문득 길을 잃어버린 날
저절로 찾아든 파란 대문을 열면
구절초 같은 얼굴로 밝게 웃으며
반겨 줄 내 아내
난
단 한 번 집에 온 적이 없는
그런 아내를 사랑하고 있는 것이다

창공의 새처럼 자유롭기도 하고
종신의 수인처럼 깜깜하기도 하다

겨우겨우 흐느끼는
겨울

눈, 꽃

1.
바람이 분다
누굴 데려가는 걸까? 가는 허리춤

2.
지난겨울 눈 송이 몇 응달에 숨었다가
햇살에 들켜 얼굴이 발개졌다, 꽃이다

3.
열매에 자리를 내어 준 꽃,
바람이 났다, 함부로 흩날린다

4.
색이 빠진 떠돌이 꽃잎이 언다
바람 잔잔한 겨울날 산화, 눈이 내린다

5.
바람의 기억을 품은 눈송이 몇,
심장 소리를 감추고 몰래 숨는다

길 위에서

너를 떠나고 나서야 기어이 첫눈이 내렸다
하루를 걸어 너에게 간다는 일은
하루만큼의 상처를 만드는 일인 줄 알지만
기어코 나선 길에선 상처도 깊게 얼어붙으면
매끈해진다는 이국의 방언을 주억거렸다
쩌억 달라붙는 영하의 발자국을 떼어내며
정류장에 닿아 순결한 첫차를 기다리는 동안
사각사각 깎이던 가슴이
쩌엉쩌엉 소리를 내며 갈라졌다
버스 유리창에 성에꽃 도톰해질 때쯤엔
따뜻한 술잔 나누던 너의 눈빛이 당도해
손이 녹기 시작했고 이른 햇살을 가르는
버스의 기침 소리도 한층 부드러워졌다
첫 포구에 내려 찬 소주 한 잔에
홰를 치는 파도를 섞어 마시니
덥혀진 가슴에 슬며시 차오르는 그대야
덜 달궈진 해가 흔들리는 바다에 눈이 내린다
사랑한다는 건 꼭 덧난 상처를 본 후에야
소복하게 내리는 눈송이
너를 떠나고 나서야 기어이 첫눈이 내렸다

겨울비

까맣게 마른 늙은 감나무 가지에
덩그러니 밑동 몇 성긴 배추밭에
엉기성기 철사 엮은 낡은 슬레이트 지붕에
반쯤 허물어진 빈집 담벼락에
울컥 그리워 알싸한 내 콧잔등에
.
.
.
이젠 젖지 않겠다고
문 닫고 돌아서니
뚝
찬 볼에 떨어지는
한 방울
너

기울다

너에게 가는 길
그저 기울어 걷는 일
풀에 머물고 꽃에 길 묻다가
흠칫 고라니에 놀라는 것
한낮이 젖는 건
그대 기울어 우는 일
풀의 눈물이 꽃의 상처가
문득 고라니의 슬픔이 보이는 것
거둔다는 건
풀이 마르고 꽃이 시들어
고라니 한 생이 무너지는 일
어두운 숨 하나 사라질 때
등 뒤에 낮별 하나 새록 빛나는 것
잠시 존재했다는 건
기우는 것이 사랑이란 걸
겨우 알고 가는 일
함부로 기울지 못한 날이
간신히 죄스러운 것

작또즐
– 작지만 또렷한 즐거움

사나흘 끄물끄물 볕도 드물더니
빨래를 너는 아침 꿈인 양 화창하다
포근한 겨울 입김 엄마 냄새가 나고
난 창가에서 어제 만든 노래를 듣는다
내가 노래를 빚는 사람이라 고마웠다
한가롭고 허허한 야윈 겨울이지만
내 노래를 찾는 단 말에 눈물이 돈다
서둘러 나선 정류장엔 자주 없는 버스
딱 맞춰 코앞에 착하게 선다
장에서 시래기랑 청양고추 좀 사면
내일은 잠자던 고등어 보글보글 피겠다
돌아오는 차창엔 저녁 빛 모악산 있고
작은 방엔 날 기다리는 기타 있으니
맘이 먼저 버스를 앞질러 갈 것이다
차에서 내리면 개골창 길 십여 분
난 괜히 즐거워 헤죽헤죽
발걸음도 가볍겠다

눈이 내리면

우체부도 없는 일요일 마을은
짖을 일 없는 동네 강아지도 폐업이다
더구나 눈도 없는 겨울
뭔가 그립지도 않고 마음 뛸 일도 없어
고립된 창을 닫고 시간에 격리한다
나를 가둔 건 늘 조용하고 느리게 와서
아득히 깊게 묻고 사라졌다
빠르게 감겨 온 사랑은 그 탄성으로
더 빠르게 튕겨 나가 사라졌지만
느리게 스며든 사람의 기억은
가슴에 차곡 쌓여 생각을 더디게 했다
눈이야 소리도 없이 다시 내리겠지만
그 속도도 무게도 하염없이 빨라져
이젠 금세 덜컥 무너지겠다
강아지가 폐업한 겨울밤엔
나도 하릴없이 소주잔이나 기울인다
안주 없어도 간간한 한 잔
누군가의 눈물 한 방울
소주잔에 내려앉은 까닭이다
아침이라도 헤설프게 눈이 내리면
철커덕 가슴에 셔터가 터지고
강아지야 짖든 말든

당신이라는 피사체를 향해
서둘러 집을 나서겠다

허공의 어미

꼭 숨겨 두려다 갇혀 버린 생이 있다

자물쇠의 자궁에서 쑥 빠져나온 쇳대
여태껏 어미에게 돌아오지 않았다
검버섯마저 색 바랜 어미는 아직도
기다리는 걸까

동네 개들도 드나들 만큼 벌어져 내린
두 나무 문짝을 간신히 붙잡고 있지만
한 벽은 무너져 내린 걸 어미는 모른다
욱신거리는 허리는 바람 탓이라 여기며
몸을 감은 빗장에 그저 한 푼 푸념이나

무엇을 숨겨 두려고 했는지
이제 기억은 나지 않지만
나무 창고 허물어져 흙이 될 때까지
어미는 끝내 허공에다
자신을 가둬 놓을 것이다

낯, 설

엄마도 없고 설빔도 없고 꼬까신도 없고
세뱃돈도 없고 미끈한 떡가래도 없고
깡깡 언 무논도 없고 앉은뱅이 썰매도 없고
나무팽이도 없고 괴롭힐 동생도 없고
구르는 강아지도 없고 말뚝박기 친구도 없고
고기 굽는 잉걸불도 없고 장구재비도 없고
어깨춤도 없고 육자배기도 없고
애들 웃음소리도 없고 앙큼한 가시내도 없고

설레던 설이 그저 아득해
멍하니 흐르는 하늘만 보는
낯선 설

거리의 예수

달빛 무거운 초겨울 늦은 밤 오르막길
작업복 여미는 어깨 낮은 사내 하나
공장 굴뚝에 두고 온 동지들 얼굴과
잠든 척 잠들지 못할 아이와 아내 생각
낡은 가로등처럼 꺼졌다 켜졌다 마음 시리네
거리의 예수 고단한 예수 그 깡마른 예수

희뿌연 미명 허기진 하품 숨기는 새벽길
리어카에 빗자루 매단 사내 하나
지난밤 쓰리던 사람들의 통증과
수습하지 못해 방치된 상처를 줍고 있네
어지러운 골목 쓸고 또 쓸어도 자꾸 뒹구네
거리의 예수 고달픈 예수 그 희미한 예수

오후 햇살 느리게 거니는 뚝방길
이유 없이 까닥까닥 졸리는 노점 할매
한동안 보지 못한 어린 손주 얼굴과
깡말라 어깨 낮은 아들 뒷모습만 아른아른
가방에 노란 리본 달랑달랑
꼬마 아가씨 할매 앞 지나가네
거리의 예수 그리운 예수 그 샛노란 예수

날도 맘도 저물면 저절로 발길 닿는 선술집
아무리 힘들어도 웃어주는 엄니 하나
서로를 토닥이는 가난한 사람들의 이야기와
주문도 필요 없는 한잔 술 어릴 적 반찬들
시큼한 한잔에 콧등도 시큼 엄니 그립네
거리의 예수 가난한 예수 그 목마른 예수

흐린 날

흐린 11월 오후 안갯길 덜컥 시동이 꺼진
차를 세우고 담배를 피워 무네
드문드문 지나가는 느린 걸음의 자동차들
마치 일제히 제 무덤을 향해
가는 것처럼 보였네
저만치 사거리에 푸른 불은 켜졌지만
건너지 못하고 담배 연기만 부서지는데
세상에 모든 푸른 일들이
내 것이 아님을 알았네

젖은 11시 맘도 저물어 덜컥 가슴에 닿는
당신 생각에 담배를 피워 무네
듬성듬성 남아 있는 아린 기억의 조각들이
마치 일제히 깊은 바닷속으로
뛰어드는 것 같았네
저만치 꿈의 절벽 꽃을 들고 웃는 사람
한발 다가서면 더 멀어지고 흩어지는데
세상에 모든 슬픈 일들이
내게서 오는 걸 알았네

회귀

나이가 쌓인다는 것은
짐을 줄이고 기억을 묵히는 일이다
발효 못 된 부패의 지식을 버리고
잡내를 긁어내는 일이다
가지고 있다 해서 내 것이 아님을
마음이 탈색되고야 안다
더는 안을 수 없는 몇 권의 책을 보내며
슬쩍 지폐 한 장을 끼워 넣는다
오래전 중고서점에서 산 문고판 크놀프
그 속에 있던 오백 원 지폐 한 장
초로에 벼랑에 서서 이제야 돌려준다

언젠가 엄마는
철거된 월세방 비닐장판 아래 묻어 둔
내 학자금을 까맣게 잊은 적이 있다

하얀 예수

보따리 서너 개 메고 오 남매 주렁 달고
마가리 화전민으로 쫓겨 온 일도 억울한데
마흔 나이에 덜컥 또, 뭘 먹여 키우라고
어매는 너덜경 밭에 상소리 꽤나 뱉었다지요
호밋자루 뎅강 분지르고 돌밭을 구르며
아기씨 떼어 낸다고 시악을 부리기도 하고
빨랫방망이 내던지며 양잿물 퍼마시고
같이 죽어 버릴까 하는 생각마저 한 날은
손이 곱고 눈물도 꽁꽁 언 겨울이었다지요
엄마는 내가 배 속에서 9개월이 될 때까지
산 넘고 넘어 예배당을 다녔는데요
죄송스럽게 그 은혜로 세상에 태어났죠
기어 다닐 때부터 온종일 혼자 놀았어요
나는 방치되고 다들 마음은 콩밭에 있었죠
울다 지쳐 냇가까지 굴러가서 물을 마시며
울수록 배가 고프다는 걸 깨닫게 되었죠
울음을 포기한 세월만큼 강인해졌지만요
어지러운 시대 불운한 지식인 아버지는
혼돈에 적응 못 해 화전민으로 추락했지만
아이들에게 글과 노래를 열심히 가르쳤죠
일곱 살 되던 해 도대체 무슨 연유인지
엄마는 처음 아버지 생신상을 차렸어요

흰쌀밥 한 그릇, 붉은 고등어 한 토막
강냉이와 감자로 연명해 온 칠 년 동안
꿈도 꾸지 못할 천상의 음식이었어요
엄마는 모두 상 근처도 못 오게 했어요
설핏 눈물짓던 아버지는 수저를 들다 말고
나를 안아 들고 하얀 쌀밥 한 수저에
고등어 살점 올려 내 입에 먼저 넣어 주셨죠
씹을 것도 없이 스르르 녹는 암브로시아
처음 예수님을 영접한 순간이었죠
예배당에서는 보이지 않던 그 예수님을요
보혈이 엉긴 붉은 살점을 얹은 한 술 예수
입에서 가슴으로 녹아들던
그
하얀 예수

겨우내

주인 기다리다 말라가는 무 한 토막
미안스러워 접시에 물 담아 앉혀 놨더니
오늘 새파란 헛바닥 불쑥 내민다
요놈 잘 한번 키워서
봄엔 찹쌀로 풀 쑤어 열무김치 좀 담고
살결 고운 것은 데쳐 강된장 무쳐 내고
남으면 잘 말려 놓았다가
으슬으슬 어깨 시려 오면 뼈 푹 고아
감자탕이나 끓여 볼까 하다가
바로 접었다

음식은 얼굴을 마주하고 나누는 것
그대가 없는 음식은 그저
끼니일 뿐이다

즈음엔

1. 발끝에 자꾸 돌부리가 차인다
   다리 힘이 풀리고 숨이 잦고 걸음은 더디다
   고르지 않은 비포장의 시간이 왔다
   개와 늑대의 시간이다
   헐떡이다가 때론 울부짖는다

2. 언제부턴가 왼쪽 가슴에 멍울이 생겼다
   스러져 간 것이 다시 꽃빛이 되는 계절엔
   툭 터져 나올 것 같이 불그스레 자랐다
   멍울의 압력으로 차츰 눈은 붉어지고
   주어 없는 네가 그리워 주저앉기도 한다

3. 발끝에 자꾸 얼굴이 차인다
   연신 뜨겁다가 새벽 강으로 식어 버린 사람
   느리게 다가와서는 순간에 사라지는 사람
   올 때보다 스러져 갈 때 더 눈부신 사람
   너는 애초에 내게 없는 시간이다

창궐

손가락 끝에 움이 트는지 자꾸 간질거려
잘근잘근 깨물고 씹다 보니
검붉은 꽃 하나 툭 하고 터졌다
진득한 혈전 끈적하게 묻어나는 냄새
당신 말 한마디 발목부터 빠져들고
건지려던 손 상피세포에 얼룩 남긴 채
우리는 밀어의 익사를 막지 못했다
슬픔이 지난 거리, 손잡은 나무 얼룩지고
눈 맞춘 풀, 발 디딘 황토도 얼룩이 졌다
가는 바람도 옅은 구름도
가뭇없이 숨이 흩어지는 밤
이름을 잊은 나는 너를 짓는다
모두 번호로만 호명되는 감금의 거리
스스로 구원을 사고 신이 된 자들이
마구 떠들며 입으로 똥을 싸 대도
나는 아니라고 우기는 몇몇 가난은
얼룩을 가린 채 등 돌려 외면한다
연착한 깡마른 겨울
연기 같은 목숨이야 움켜쥘 것 없다마는
펼친 손바닥 갈래에 선명한 너의 기억
익사한 말들이 그려 낸 또렷한 금
창궐이란 새 태동의 마지막 발현

발밑에 묻힌 씨앗 아닌 막 피어나는 꽃
이제
낙인처럼 박힌 얼룩들 얇은 봄 치마 되어
팔락거리며 온 들판을 노닥이겠다
봄물이 푸르다는 건 상처가 깊었다는 것
이제 곧 네가 돋겠다

불황

텅 빈 골목이지만 오늘도
집집이 걸린 솥에 물이 끓는다
석 달째 세를 못 낸 황 씨도
전기세 가스비 고지서 쌓인 최 씨도
다음 달 둘째 결혼시키는 박 씨도
좀처럼 열리지 않는 출입구만 보고 있다
차마 잠그지 못하고 기다리는 시간에
졸리듯 야금야금 좀이 쏠고 있다
건넛산 꿈이야 울긋불긋 지랄하든 말든
앞개울 속이야 왈강달강 발광하든 말든
누구든 들어와 후루룩 국밥이나 먹었으면
오지 않는 이의 그림자마저도
꼬불꼬불 타들어 가는 생목 오르는 오후
손님 없는 테이블에 우두커니 앉아
막걸리 한 잔 주르륵 부으면
출발하기 전부터 널마루에 나와 앉아
종일 고샅길만 바라보았다던 어머니 생각
늙어 간다는 건
기다림이 층층이 내려앉는 거라지만
좀처럼 익숙해지지 않는 그 먼 시간들
어머니는 어떻게 견뎌 내셨는지
텅 빈 마음이지만

오늘도

집집이 걸린 솥엔 육수가 끓는다

종일 우려낸 뿌연 한숨이 끓는다

나선

마른 개펄처럼 거칠게 갈라진 한 가슴에
나선으로 파고들던 사람 하나 있었다
나사골마다 눈물 몇 방울씩 흘러들어
먼지도 없이 뼛속까지 돌아 박히던 사람
처음엔 절뚝거리는 마음 괴는 깁스였다가
나중엔 부실한 골조에 덧댄 기둥이었던
뱃고동 나선으로 울어 대던 바닷가에서
연푸른 롱스커트 자락 돌돌 말아 올리며
사박사박 모랫길 건너 숨어든 사람
손바닥에 물집 돋도록 장도리질을 해도
습관이 된 신음 녹으로 부식되어
빠져나올 수 없던 박제의 시간들
달빛 푸른 밤 발자국 소리도 눈물도 없이
왔던 길 나선으로 돌아 나가 버린 사랑
방부제로 퍼마시던 술이 채 깨기도 전에
알코올로 소독된 상처엔 새 살이 돋고
갯고둥 껍데기처럼 꼬인 마음에 한 편
다시
나선으로 돌돌 파고드는
사람 하나 있다

멸치
– 멸할 멸, 부끄러울 치

구름으로 대양을 누비던 유선형 미끈한 삶
한 생의 바닥을 긁어내는 후릿그물에
그만 걸리고야 말았다
미끄러운 몸통은 그물을 통과했지만
몰래 돋아난 조그만 지느러미가 걸려
끝내 물 밖으로 추방되었다
껍질이 벗어진 꿈은 와해되고
은빛 기억이 부서져 내리는 동안
전람된 시간은 빠르게 말라갔다
하나 멸은 사라지는 것만은 아니다
생의 모양이 바뀔 뿐
멸은 부끄러움이 아니다
때가 되어 멸하지 못한 일이 부끄러울 뿐

약속도 없는 국숫집 은근한 맑은 국물에서
미끈한 유선형 한 생의 흔적을 본다
부끄럽지 않은 멸에 고명 시 한 편 올리고
몰래 돋아난 욕심을 감춘다
후루룩 살아남은 부끄러움을 마신다

설희

당신의 손처럼
눈의 손은 차고 희다
삭풍이라도 불어오면
오르락내리락 흔들리며 추락하던
당신 흰 목덜미
손등에 올려놓으면 입을 맞추기도 전에
스르르 녹아내리는 연약함이여
뾰족하게 뽀얗던 그대는 온통 물이었구나
눈 속은 눈보다 뜨거운 눈물이 있었구나
구름과 땅의 거리가 눈의 수명이고
당신과 내 눈 사이의 거리는 사랑의 수명
해마다 눈이 내리듯
철마다 나부끼는 첫사랑 당신
첫눈에 달려가 받아 안았지만
손등에서 눈물로 녹아내린 당신
당신의 기억은 늘 차고 희다

첫눈

엄마
또 첫눈이 왔어
엄마 그날도 눈 왔었잖아
갈참나무 거뭇거뭇 늙은 뿌리에
엄마 묻던 날
엄마 좋아하던 백설기 같은 눈가루
자박자박 눈에 밟혀
자꾸만 돌아봤잖아
엄마를 덮던 눈이 녹아 흘러
불쑥 찾아온 늦은 눈물
하얗게 늙어서야 볼에 흐르잖아
그 차던 기억의 눈송이가
이제야 뺨에 뜨겁잖아
머리칼이 하얘질수록 냄새는 진해져
잠이 얕은 노구의 밤은
자주 엄마 품에 안겨 있어
그러다 문득 싱거운 해가 뜨고
새소리 귓불을 쪼는 아침이면
모든 기억을 푸르르 잊고
마냥 흐느적 나부낄 거야
지상에서 가장 포근한
한 부스러기 사랑

누구의 생에 가장 빛나는

다시

첫눈으로 말이야

그리고
나 의 밤은

안부

쩍 갈라진 가슴 하나 본다는 것은
아직은 살아 있다는 증거
실금 같던 상처가 덧나 천공이 생기고
그 틈으로
날카로운 실연이 훑고 지나가도
아픔을 느낀다는 것은 사랑했다는 증거
그것으로 괜찮다
잘 살아 낸 거다

상처도 고맙고 흉터도 고맙다
그 정도에서 끝내고 돌아선
절망이 고맙다
머지않아 구렁이 담 넘듯
슬그머니 돌아와 넌지시 나를 껴안을
철딱서니 없는 마누라 같은 정분이여

옹이

죽어서
혹은 다시 살아서
악기가 되지 못하고
차탁이 된 나무가 있다

온 백 년 남방 숲에서 뿌리내려 살다가
토막이 나고야 바다를 건너온 아름드리
온 마음으로 정성스레 갈라 보았지만
악기장 하 씨 더는 저미지 못하고
그만 톱을 놓는다

어미 품에 깃들어 햇빛 퍼 날랐을 팔들
그중 하나 세상으로 뻗지 못하고
어미 살 속에 깊이 옹이로 박혀 있다
속으로 자꾸만 감춰 단단해진 상처 하나
언젠가 새 살 돋아 기억도 부드러워지면
다시 새순을 피우리라 믿었던 거다

자식을 몸속에 묻어 목이 쉰 어미는
죽어서 악기가 될 수 없어
인연의 바다 너머 만난 목쉰 한 사람
마른 목을 적시는 차 한잔

그 찻잔을 받드는 차탁이 되고 마는 것
죽어서
아니 다시 살아서도
내내 옹이 하나 품고
그저 오랜 여름의 기억만 떠받치고 있는
그런 어미가 있다

건달

무릇 소리란
사성보다 죽성이요 죽성보다 육성이고
몸과 맘을 보하는 것은 하책이 약보요
중책은 식보이고 행보가 상책이라 했다
위구상신이라 뱉는 말과 먹는 일에
주의하여 느릿느릿 적멸에 들면
이는 곧 간다르바의 길이요
가릉빈가의 날갯짓이 아니겠는가
나는 금이나 적보다는 육성의 객이요
명약을 지을 가세나 성찬의 상도 없이
떠도는 행자니 이 안분이 지족이겠다
하나 안빈낙도는 한 몸이라
가난 또한 지고 가야 할 카르마

나는
'안'이라는 어미와
'빈'이라는 아내와
'낙'이라는 아들과
'도'라는 아비를 가진
행운의 운수납자다

시인

물처럼 흐르는 술 따라 흔들리다가
안주 삼아 시를 씹어 보니
시란 놈 절에서 하는 말도
저절로 터져 나오는 말도 아니고
시는 사람으로 서는 일이더군
아니 바로 세우는 일이더군
신이 앉은 자리를 치우는 일이더군
물과 풀과 사람의 일을 곰곰이 보고
숨은 그 너머를
알아차리는 일이더군

술도 시도 흐르는 것이 상선이라
흐름을 막는 걸림에 대들고
휩쓸려 빗누운 사람 일으키려 애쓰는
시운불행한 노동자더군
술로 시로 흐르는 짠물
술잔에 떨어져 간간한 안주가 되더군
주책 한 상에 낮술의 어깨가
얼씨구 출렁이더군

환속

생각이 많으면 삼류다
생각이 없으면 표류고
생각을 멈추면 일류다

말이 많으면 삼류다
말이 없으면 탁류고
말을 멈추면 일류다

마구 글을 쓰면 삼류다
쓰지 않으면 방류고
글자를 멈추면 일류다

자꾸 나서면 삼류다
그저 바라보면 오류고
묵묵히 움직이면 일류다

난 이도 저도 될 수 없는
부유류다

짓다

짓는다는 건 마음을 내놓는 일이야
반찬은 만들지만 밥은 지어야지
짓는다는 건 함께한다는 거야
헛간은 세우지만 집은 지어야 해
짓는다는 말속에는 이름이 들어있어
하지만 뭔가를 지을 땐 돌아봐야 해
한쪽만 보면 너무 오래 치우치면
나를 잃고 죄를 짓기도 하거든
화분 분갈이를 하면서 당신을 생각해
우린 미세한 바이러스 하나로도
세포가 온통 뒤집히는 미물이라서
생각 하나를 짓고도 다시 살펴야 해
혹시 업을 짓는 건 아닌지
그 사람 시선 나를 향하고는 있는지
짓는다는 건 더불어 걷는 거야
같이 지은 집에서
함께 지은 밥을 먹으며
자꾸만 당신을 쳐다보는 거야
갓 지어 고슬고슬한 사랑아

독신공양 1

된서리가 언 땅을 핥아
허옇게 얼굴이 튼 밭에서
수확되지 못한 고추가 말라 간다
그 여름의 너
얼큰한 분내 철석이던 머리칼
붉은 입술 하얀 잇속 따뜻한 점액질
우리의 체위는 뿔뿔이 흩어지고
싸늘한 바람 사위에 옷깃 여미며
주위를 맴도는 단내를 외면한다
마른 고춧대처럼 목이 꺾인 채
비틀거리는 저녁 해를 바라보며
너를 부르는 일은 깡마른 자위
끝내 절정에 오르지 못하고
튼 밭에 다시 눕는 12월의 남자
버려져 말라버린 고추처럼
움츠러들고 쪼그라들어
다시 된서리로 부서져 내릴 것이다

독신공양 2

꽃은 지독한 몸살로 핀다
목 잠긴 결절이 꽃이 된다
악쓰며 피우지 마라
꽃 피운 것들은 모두
어김없이 말라 죽는다
속 문드러진 채 밝게 웃지 마라
네가 아니라도
세상엔 환호작약 넘쳐나니
그러지 마라
너는 이름만으로도
충분히 푸른 잎사귀 아니냐
호사한 화류에 휘둘리지 말고
그냥 푸르게 살다가
어느 푸른 날
아득한 하늘 아래서
생각도 없이 푸르게 죽어라

독신공양 3

무너지는가
그래
어차피 생은 우뚝 설 수 없다
가슴이 찢어지는가
잊어라
네 근 무게의 심장은 기껏
하룻밤 술안주
흙을 밟고 걸어라
너의 영혼이 떠돌지 않게
가루 되어 흩어질 곳을 응시하라
거기에 기운찬 개미 하나
너의 부서진 살을 먹고 생을 진군한다
엎어졌는가
그러면 됐다 이제부터 너다
욕되게 기어라
팔꿈치 팬 자리에
울음이 맺힐 것이다
거기가 너의 처음이다
그리고 너는
또다시 무너질 것이다

랩소디 인 블루

'아름답다'는 좋은 느낌을 자아내 곱다는 말
'아름차다'는 두 팔 벌려 안기에 벅차다는 뜻
덜컥 만나 버린 아름다움의 아름참에
나는 지금 아르페지오로 흔들리는 것이다
'아른거린다'는 좀처럼 잡히지 않는다는 말
'아리다'는 곱씹다 쓴 물이 오르는 마음
아리게 감겨 오는 허공 속 아른거림에
나는 지금 스트로크로 출렁이는 것이다
요절한 옛 가수 카바레풍 노래를 듣다가
발키리*가 느린 유혹의 손짓을 내미는
시벨리우스의 라르고를 떠올린다
안타깝게도 값싼 랩소디풍 내 사랑은
상상 속에서만 유려하고 자유롭다
'아쉽다'는 욕심과 미련이 남았다는 의미
'아프다'는 끝내 보내야 함을 외면하는 것
돌아서지 못했던 단 한 잎의 끌림이
11월 찬 바람에 서둘러 떨어져
마냥 젖고 있다는 것이다

* 북유럽 신화 속에 아름다운 요정

달 이야기

떠돌이별 달의 처음은 깜깜했어
볼 수도, 다른 별에서 보이지도 않았대
나머지 감각을 동원해 늘 주위를 살폈지
눈먼 곤충처럼 이리저리 더듬거렸어
그러던 어느 날 문득 파동을 느꼈어
고요할수록 파동은 점점 깊어졌지
파동을 감은 몸엔 자기력이 생겼어
그 힘으로 팽이처럼 팽팽 돌다가
어떤 별을 크게 도는 자신을 발견했어
아름다운 그 푸른 별을 엄마라 불렀지
엄마별이 사라질까 늘 밤을 지새웠지
허리춤을 흔들어 대는 달의 응석에
엄마별 바다 찰랑찰랑 물결이 일었어
밤마다 저만 바라보는 엄마별이 좋아
보름날이면 동그랗게 부풀어 웃었지
작은 떠돌이별이었던 달은 이제
깜깜한 떠돌이별들을 돌보기 시작했대
언젠가 푸른 엄마별이 될 꿈을 꾸면서

이발

머리카락이 한쪽 눈을 덮었다
수초처럼 스멀스멀 내리 자라던 것들이
가끔 눈을 찔러 찔끔 눈물이 났다
늘 한 방향으로만 돌아서던 것들
꼭 그 방향으로 점이 되어 떠난 사람
사랑한다는 건 한쪽 눈이 어두워져
양 눈의 시력이 균형을 잃는 것
그리움이란 기울게 자라 한쪽 눈만 덮어
자꾸 기우뚱거리게 하는 것
오늘은 맘먹고 앞머리를 자르겠지만
불현듯 어떤 얼굴 하나 망막에 맺혀
한쪽 눈 스멀스멀 덮어 오겠지
늘 기울어 내리 웃자라는 것들

갈등

동에는 맘 착한 동무가 살고
서에는 따뜻한 형제 있으니
어디나 내 집과 같고
남에는 불콰한 아비 있고
북에선 부지런한 어미
북엇국 끓여 내니
만나야 속 풀리리
좌측은 광어요 우측은 도다리
머리는 일미이고 꼬리는 진미라
하나 버릴 것 없네
노 측이 노회함 없고
사 측은 사악함을 버리면
살판은 사라지고 살 판 열리겠네
오른쪽으로 오르는 등과
왼쪽으로 오르는 칡이
서로 감는 것은 싸움이 아니라네
곧게 자라지 못하는 넝쿨들
서로 의지해 높이 오르려는 결의라네

아브라삭스 아나필락시스
- 나, 아

정안수 돌탑 손 모은 외할머니의 신이나
시골 예배당 울먹이던 어머니의 주님이나
첫새벽 산사 도량석이 지순하다 해도
신은 내 편이 아니야 남을 향해야 기도지
버려진 것들은 죄가 없어도 벌을 받아
그 혹독한 현실에도 신은 모른 척하지

그런 신이 있다네
알을 깨뜨리고 세상에서 '참나'를 찾는
인간의 생각이나 꿈에 관여하지 않으며
스스로 평온해지면 사라지는 신
보이지 않지만 존재하는 것
내 일부지만 존재하지 않는 것
있기도, 없기도 하면서 박혀 오는 것은
일시적 쇼크를 일으키지
두렵고 따가운 순간을 견뎌야 면역이 생겨
골수에 아브라삭스여
혈관에 아나필락시스
갈 곳 잃은 신이여
끝내 기어오르는 항체여

신

신 없는 맨발로 이미 오래전부터
너른 들과 거친 숲을 휘젓고 다녔지만
신을 알고부터는 신 없이 나서기 힘들지
하지만 신이 온몸을 지켜 낼 수는 없어
신은 구원이 아니라 방패일 뿐
무작정 의지하지 않고 그저 감사하며
떠들고 자랑삼지 말고 소중히 여겨야 해
강요하지 말고 다른 신도 존중해야지

각자의 신을 신고 같은 땅을 걷는 우리
새 신을 신고도, 해진 신을 신고도, 혹은
신 하나 없이도 저마다 외로운 우리
한쪽 신을 놓쳤을 때 줍는 이를 위해
다른 쪽 신도 던진 인도의 성자처럼
가슴 한편 내주지 못할 마음이라면
신으로 감싼 온기 몸을 덥힐 수 없어

신은 머리 위에 올라 있지 않고
낮은 발바닥에서부터 그대를 지탱하는 것
찬 바닥으로 나설 때 제일 먼저 찾는 신
따뜻한 방에 들 때 가장 먼저 벗어던지는 신
식당에서 나오면 없어지기도 하는 신

잊고 살다가 보면 문득 문지방 아래
돌아와 있기도 하는 신

하루에도 몇 번
있기도 하고 없기도 한 신

낭패

머리가 나쁘고 포악한 늑대 낭의
무리가 광장을 점령했다
앞다리만 있는 낭은 뱅글뱅글 돌며
연신 더러운 침을 뱉어댄다
훔쳐먹던 들쥐도 주워먹던 비둘기도
모두 역병을 피해 달아난다
착한 토끼들은 일제히 입을 틀어막고
서둘러 문을 잠근다
가끔 빼꼼 문 열고 욕을 해 보지만
아무에게도 들리지 않는다
양의 탈을 쓴 사악한 늑대 패의
무리는 저만치 언덕에서 지켜본다
뒷다리만 있는 패는 낭을 선동할 뿐
좀처럼 모습을 보이지 않는다
얻어먹던 개들은 패의 문지방만
온종일 기웃거린다
아랫마을엔 큰물이 일어
간신히 버티던 생들이 떠내려가고
땅의 숨구멍을 막아버린 윗마을엔
어지러운 공사장 발갛게 달아올라도
낭패의 무리는 구유에 입을 처박고
먹이를 뺏길까 으르렁거릴 뿐이다

노여움에 등 돌린 신은
여태 돌아오지 않았고
멸종을 방치한 광장 낭패 우두머리들
저마다 메시아라고 짖어 댄다

에덴을 부수는 무리에게 천국은 없다
절망을 용인한 무리에게 구원은 없다

알레르기

무녀리 춤으로 날리던 봄의 꽃가루
돌가루로 변해 망막을 콕콕 찌르고
바람 한 줄기에도 요동치는 알레르기
콧속 깊이 침투해 진창을 만들어 놓았다
까슬하게 말라 보풀이 생긴 입술 열면
혓바늘 오른 검은 혀는 말이 무섭고
습한 귓속엔 어제의 노래가 매장되었다
발가락서 핀 열꽃이 얼굴을 잠식하니
얼빠진 얼의 골이 말이 아니다
온몸 포진 가득한 시월의 강토
창의의 깃발 봉기가 필요하다
안이비설신의 의를 어루만진다
구월의 애인은 가고 없다
거울을 보며 춤을 추는 연습을 하자
어깨부터 출렁이는 흥을 일으키자
고여 썩지 않는 청청한 시류가 되자
다시 필 봄을 위해 어깨를 겯자
우리 몸은 우리가 안다
움직여야 의로운 세포들 일어난다
아직 우리가 있다

공중의 정원

돼지가 들어도 집이지
사람 사는 가정이 되려면
뜰이 있어야 해
볕 잘 드는 조그만 마당에
씨를 뿌리고 나무도 심고
꽃 같은 아이들을 피워 내는
뜰은 정의 자궁
마음이 푸르르야 뜻이 자라지
욕심죄로 여태 푸르지 못한 나는
기타를 둘러맨 방랑의 수배자

꽃을 위해 거름이 된 봄에 어미들과
씨앗 키우고 말라 버린 가을에 아비들과
남의 꽃밭에 물 주던 여름에 이웃들과
함께 울어주는 겨울의 친구들을 위해
기타를 퉁기네
나의 집은 바람 나의 뜰은 허공
그대 있는 어디라도 노래로 부서지리

나무로

남은 생의 작은 조각
어떻게든 착하게 살아 낸 후
다음엔 기어이 나무로 태어나고 싶다
집에 정원수나 사람 빼곡한 가로수 말고
깊고 게으른 숲속이면 더 좋겠다
가벼이 알몸 흰 솜이불 덮고
선정인 양 겨우내 잠이나 퍼 자다가
봄이면 개미집도 새 둥지도 얹어 주고
해거름까지 다람쥐랑 펑펑 놀다가
매미 지루한 여름 누님 같은 숲 선생
올망졸망 우르르 아이들 몰고 와
나무들 이야기나 해 주면 좋겠다
신이 나서 산소나 뿡뿡 뀌는 날 보며
까르르 자빠지는 아이들이 예뻐
이파리도 덩달아 쑥쑥 푸르겠다
허황한 가을이야 낮잠처럼 지나가고
또다시 가벼이 알몸으로 서면
그리움 따위는 발밑 퇴비로나 쌓이겠다
숨구멍보다 가는 바람이
나이테 사이를 비집고 파고들어
푸석해진 몸 점점 흙이 된다 해도
난 한곳에 머문 것만은 아니리

품은 바람 타고 씨앗은 산맥을 넘으리니
운이 좋아 솜씨 좋은 목수를 만나면
고독한 악사의 거문고가 되어도
숲 같은 누님 다소곳한 분통이 되어도
작은 암자 스님 찻상이 되어도 좋겠다
몸에 반은 하늘에 걸어 두고
나머지 반은 땅속에 묻어 둔 채
내내 고요하고 쓸쓸한
나는
기어이 나무로 태어나고 싶다

색성향미촉법

자세히 보이지 않아도 돼
막걸리잔 헤집는 중지처럼 쾌활하게
흐린 시간을 젓는 거야
이런저런 소리 모두 담을 필요 없어
이미 잘 늙는 법을 알고 있지
한 발씩 걸으면 돼 아주 조금씩
모든 냄새를 다 맡을 필요 없어
당신 이름만으로 입술은 달콤하지
맛있는 것을 찾아다닐 필요도
거친 것들을 씹어 삼킬 필요도 없지
뱃속엔 소화 안 된 나이들이 차곡해
굳이 만져 보지 않아도 알아
기억이 실금된 손으로 얼굴 감싸면
금세 당신이 찾아오곤 하지
마른 몸이라도 기름진 마음을 가져
그 마음 씨앗 다시 흙에 묻히면
어느 봄 다른 새싹이 되거든
늙을수록 마음을 잘 돌봐야 해
내가 잘 모르는 나의 싹이
예쁜 꽃이 될 수 있게